LE TEMPLE
DE
GNIDE.

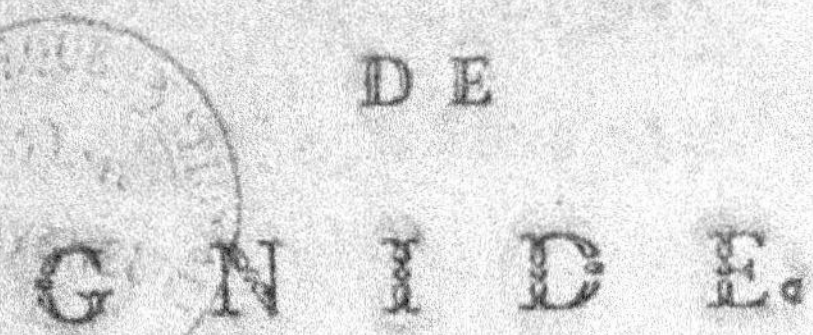

POËME,

IMITÉ DE MONTESQUIEU.

Par M. LÉONARD.

A PARIS,

Chez J. P. COSTARD, rue Saint-Jean-de-Beauvais, la première porte-cochère au-dessus du College.

M. DCC. LXXII.

AVEC APPROBATION.

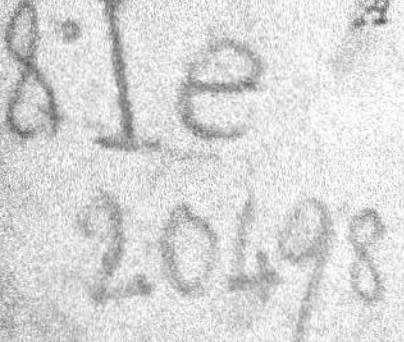

A MONSIEUR

MONSIEUR LE MARQUIS

DE CHAUVELIN,

GRAND CROIX DE L'ORDRE ROYAL ET MILITAIRE DE SAINT-LOUIS, NOBLE GÉNOIS, MAITRE DE LA GARDE-ROBE DU ROI, LIEUTENANT-GÉNÉRAL DE SES ARMÉES, ET GOUVERNEUR DES VILLE ET CHATEAU D'HUNINGUE.

MES Vers ont eu votre suffrage :
Quel présage heureux pour l'Auteur !
En vous consacrant leur hommage,

Je goûte le plaisir flatteur
De n'offrir aux vertus d'un Sage
Qu'un tribut dicté par mon cœur.

LÉONARD.

PRÉFACE.

LE Temple de Gnide a toujours paſſé pour un modele de délicateſſe & de goût. C'eſt une galerie de tableaux où tout eſt varié, placé, contraſté avec art. Il ſeroit peut-être à ſouhaiter que Monteſquieu eût banni de ſon Ouvrage ce ſtyle précieux qui dépare quelquefois l'élégante ſimplicité de ſa Proſe : mais par combien de beautés il a ſçu racheter ces fautes légeres! quelle vérité de ſentiment! quelle abondance d'images! avec quelle adreſſe il met en oppoſition l'amour ingénu des Bergers, & les mœurs voluptueuſes des Villes! Eſt-il rien de plus touchant que l'Episode d'Ariſtée, de plus ingénieux que le portrait des Sibarites, viſiblement calqué ſur le nôtre? L'Auteur eſt ſublime, quand il peint les fureurs de la jalouſie & les orages d'un cœur agité par les ſoupçons; gai, quand il nous tranſporte dans le Temple de Bacchus; tendre & naïf, quand il décrit la Scène du Bocage & les Combats de la Pudeur expirante. Il étoit difficile de raſſembler plus d'objets dans un court eſpace: vous y trouvez les fables les plus charmantes de la Mythologie, & le tableau d'une foule de Peuples qui ſont peints ſouvent d'un ſeul trait: enfin, pour me ſervir des expreſſions d'un des beaux génies du ſiecle, ce qu'on doit remarquer dans le Temple de Gnide, c'eſt qu'Anacréon même y eſt toujours obſervateur & philoſophe.

TEL eſt l'Ouvrage que j'ai oſé mettre en vers:

on ſent combien j'avois à lutter contre la préciſion & les grâces de mon modele. J'ai ſupprimé des détails qui m'ont paru ralentir la marche du Poëme : je l'ai renfermé dans quatre Chants, & je leur ai donné plus d'étendue : j'ai hazardé quelquefois mes idées, & je me ſuis affranchi d'une imitation ſervile : pour éviter la froideur & la monotonie des vers, dans un ſujet de pure galanterie, j'en ai varié la meſure ; méthode propoſée par l'Auteur de la Poëtique Françaiſe, & dont M. de Voltaire a donné l'exemple dans le Conte *des trois Manieres.* Malgré ces précautions & le deſir que j'ai de plaire au Public, il peut arriver que j'échoue : quel rival que Monteſquieu ! Comment le ſuivre dans ſa courſe ? Il falloit la plume habile qui a décrit avec tant d'éloquence les douleurs d'Héloïſe : il falloit lui laiſſer traiter le Temple de Gnide, &

me borner à l'admirer : mais inſtruit trop tard d'une concurrence qui n'eſt à craindre que pour moi, je publie mon Ouvrage, & je fais à M. Colardeau ce ſacrifice de mon amour-propre, avec autant de plaiſir que j'apprendrai ſes ſuccès.

LE

LE TEMPLE DE GNIDE.

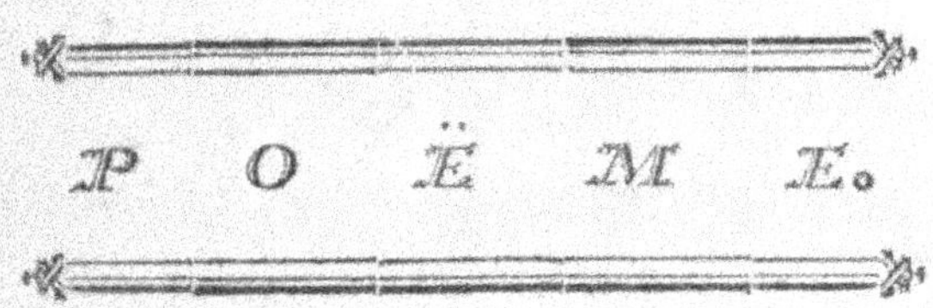

POËME.

LE TEMPLE
DE GNIDE.

CHANT PREMIER.

GNIDE à Vénus fait quitter Idalie.
Jamais ſon char ne s'éloigne des Cieux,
Sans s'abaiſſer ſur cette Iſle chérie :
Là, confondue avec ſon peuple heureux,
Elle ſe borne à l'honneur d'être belle,
Et ſe fait voir, ſans répandre autour d'elle
L'effroi qu'on ſent à l'approche des Dieux.
Lorſque l'amour la couvre de ſon aile,

On reconnaît la brillante Immortelle
Aux ſeuls parfums qu'exhalent ſes cheveux.

Pour enrichir cette aimable contrée,
Le Ciel prodigue y verſa ſes préſens :
Une chaleur égale & tempérée
La fait jouir d'un éternel Printems.
Vous entendez murmurer les fontaines,
Les bois former d'harmonieux accens,
Les chalumeaux retentir dans les plaines.
Sous des berceaux de myrthes toujours verds,
Le Roſſignol s'unit dans ſes concerts
A des Amans qui célébrent leurs peines,
A des Zéphirs dont les douces haleines
Semblent régner, pour embaumer les airs.

Dans le Palais qu'habite la Déeſſe,
L'or & l'azur brillent de tous côtés :
Mille rubis.... mais j'en peins la richeſſe ;
C'eſt à l'amour d'en peindre les beautés.

Du Dieu malin les jardins ſont l'ouvrage :
Il a tracé les routes des boſquets,
Pour égarer le couple qu'il engage,

Toujours guidé vers des lieux plus ſecrets,
Toujours couvert d'un plus épais ombrage.

Là des ruiſſeaux dirigés par l'Amour
Coulent tantôt dans une paix profonde,
Réfléchiſſant l'image d'un beau jour;
Tantôt lancés en gerbe vagabonde,
Ils vont mouiller les berceaux d'alentour.
L'œil qui les ſuit dans leur courſe féconde,
Les voit orner de rians belveders,
Et fuir en nappe au vaſte ſein des mers,
Pour y porter le cryſtal de leur onde.

DANS les vergers, la fleur ſuccède au fruit;
Le fruit renaît ſous la main qui le cueille;
L'arbre, en tout tems, y conſerve ſa feuille:
L'eſſain des jeux, que Vénus y conduit,
Fatigue en vain la naiſſante verdure;
Par un pouvoir rival de la nature,
Son frais émail eſt ſoudain reproduit.

ON voit de loin une riche campagne;
L'œillet, la roſe y mêlent leurs couleurs:
Le jeune Amant vient avec ſa compagne

Pour les cueillir ; mais la moindre des fleurs
Qu'elle a trouvée est toujours la plus belle :
Il croit que Flore exprès la fit pour elle.

Un fleuve pur, dans ses nombreux détours,
Aime à baigner cette terre fertile :
Quand sur ses bords, vole une Nymphe agile,
Fixé près d'elle, il interrompt son cours ;
Le flot qui fuit trouve un flot immobile.
Se baigne-t-elle ? Épris de sa beauté,
Il l'environne ; il lui forme une chaîne :
Vous le voyez, bouillant de volupté,
Qui se souleve, & l'embrasse & l'entraîne :
La Nymphe tremble, & pour la rassûrer,
Il la soutient sur sa liquide plaine,
Avec orgueil lentement la promene ;
Et vous diriez, prêt de s'en séparer,
Qu'en sons plaintifs, il exhale sa peine.

Là sont des bois que l'astre lumineux
Laisse à jamais ensévelis dans l'ombre :
De vieux sapins, des chênes sourcilleux
Semblent du pied toucher l'Empire sombre,

Et de leur front se perdre dans les Cieux.
D'un saint effroi l'âme y ressent l'atteinte ;
Des Immortels on croit voir le séjour :
Ils ont sans doute habité cette enceinte,
Quand l'Homme encor n'avoit point vu le jour.

HORS de ces bois, & sur une colline,
S'éleve un Temple à Vénus consacré :
Il fut créé par une main divine ;
L'art l'enrichit, les Grâces l'ont paré.

BEL Adonis, Vénus dans ce lieu même,
A ton aspect, brûla d'un nouveau feu :
Peuples, dit-elle, adorez ce que j'aime :
Dans mon Empire il n'est plus d'autre Dieu.

VÉNUS encor, lorsque deux Immortelles
De la beauté lui disputoient le prix,
Y consulta, pour mieux triompher d'elles,
Et les Amours, & les Jeux, & les Ris.
On crut la voir sortir de l'onde pure,
Quand déployant sa brillante ceinture,
Elle s'offrit aux regards de Paris.
Paris la voit . . . ., déja son cœur la nomme,

Un ſeul coup-d'œil a décidé ſon choix :
Il veut parler, rougit, reſte ſans voix....
Et de ſes mains laiſſe échapper la pomme.

Jeune Pſiché, l'Amour ſous ces lambris,
Par tes regards fut lui-même ſurpris.
Ah ! diſoit-il, eſt-ce ainſi que je bleſſe ?...
« Mes traits, mon arc, tout pèſe à ma foibleſſe ; »
Et, dans l'ardeur de ſes premiers ſoupirs,
Il s'écrioit au ſein de ſa Maitreſſe,
L'Amour, ſans doute, eſt le Dieu des plaiſirs.

Ce lieu charmant excite dès l'entrée
Un doux tranſport qui remplit tous les ſens :
On eſt ſaiſi de ces raviſſemens
Que les Dieux ſeuls goûtent dans l'empirée.

De toutes parts les plus ſçavans pinceaux
L'ont décoré de tableaux qui reſpirent ;
L'Artiſte a peint Vénus quittant les flots,
L'étonnement des Dieux quand ils la virent.
On y voit Mars, ſes amours, ſes combats :
Dans ſon œil noir un feu guerrier s'allume ;
Un tourbillon ſe roule ſur ſes pas,

Et

Et ses coursiers, sanglans, couverts d'écume,
Semblent porter l'horreur & le trépas.

PLUS loin, couché sur un lit de verdure,
A la Déesse il sourit mollement:
Vénus l'embrasse, & l'Amour triomphant
Couvre de fleurs sa redoutable armure.

ON voit aussi les nôces de Vulcain:
L'Olympe assiste à ce bizarre hymen.
Du Dieu pensif vous remarquez la gêne:
Vénus par grace abandonne une main
Qui semble fuir de la main qui l'entraîne:
Sur cet Époux son regard porte à peine,
Et vers l'Amour se détourne soudain.

JUNON les joint d'une chaîne éternelle.
On voit Vénus qui, la coupe à la main,
Jure à Vulcain de lui rester fidèle;
Mais Mars, tout bas, rit d'un serment si vain.

POUR enlever son Épouse divine,
Il fait long-tems de pénibles efforts:

A leurs débats on croit voir Proſerpine
Que va ravir le ſombre Dieu des morts.

Mais il triomphe, & Vénus eſt vaincue.
Les Dieux en foule accourent ſur leurs pas:
L'Épouſe en pleurs s'agite dans ſes bras;
Sa robe tombe... elle eſt à demi-nue:
De ſa pudeur il ſauve l'embarras,
Plus attentif à couvrir tant d'appas,
Qu'impatient de jouir de leur vue.

Sa flamme eſt libre, & n'a plus de témoin.
D'un bras nerveux que le deſir anime,
Au lit d'Hymen il traîne ſa victime;
Dans ſes rideaux il l'enferme avec ſoin.....
Enfin il touche au fatal ſacrifice:
L'Amour chagrin les obſerve de loin,
Mais ce moment pour Mars eſt un ſupplice.

Ce Temple orné par la main des plaiſirs,
Plus que tout autre, eſt chèr à l'Immortelle:
Là, pour tribut, on offre des ſoupirs,
Pour ſacrifice, un cœur tendre & fidèle:

Là deux Amans remplis de leur ardeur,
Vont embrasser l'Autel de la Constance :
Ceux qu'une ingrate accable de rigueur
Y vont chercher la flatteuse espérance.
Loin les Mortels qui n'ont jamais aimé !
Le Sanctuaire à leurs vœux est fermé.
Ces malheureux conjurent la Déesse
D'ouvrir pour eux les sources du bonheur,
De leur donner ses langueurs, son ivresse,
Et le pouvoir de captiver un cœur.

Dans ces beaux lieux, l'Amour fixe lui-même
L'instant propice au succès de nos feux;
Il est si doux de céder quand on aime !
Mais sans aimer .... est-ce faire un heureux?

Tout rend hommage aux charmes d'une belle :
Comme Vénus, elle est fille des Cieux;
Et dans ce Temple, on l'adore comme elle.

Quand l'art d'aimer est donné par l'Amour;
Vénus y joint l'art séduisant de plaire :

A ſon Autel les Filles chaque jour
Vont adreſſer leur naïve prière.

L'UNE diſait avec un doux ſouris :
« Reine des cœurs, renferme dans mon âme,
» Pour quelque tems, le ſecrèt de ma flamme,
» Afin qu'Atis en ſente mieux le prix ».

L'AUTRE diſait : « Divinité ſuprême,
» Tu ſçais qu'Hilas ne m'intéreſſe plus :
» Ne me rens point les feux que j'ai perdus ;
» Fais ſeulement, fais que Mirtile m'aime » !

A Gnide alors il étoit deux Enfans
Simples, naïfs, d'une candeur ſi pure,
Qu'ils paroiſſoient, après quinze Printems,
Sortir encor des mains de la nature.
Se regarder, ſe ſerrer dans leurs bras,
Satisfaiſoit leur paiſible innocence ;
Heureux par elle, ils ne ſoupçonnoient pas
Qu'il fût au monde une autre jouiſſance :
Mais une abeille aux lévres du Berger,
Fit une plaie ; & pour le ſoulager,

Rose pressa de sa bouche vermeille
L'endroit blessé par le dard de l'abeille.
Qu'arrive-t-il? Un tourment plus fâcheux,
Depuis ce jour, les a surpris tous deux.
Daphnis s'émeut dès que Rose le touche:
Il ne fait plus que songer au baiser:
Toute la nuit, soupirant sur sa couche,
Il se désole, & ne peut reposer.
Daphnis enfin consulta la Déesse,
Pour obtenir un remede à ses feux:
Vénus lui dit le moyen d'être heureux;
Et le Berger l'apprit à sa Maitresse.

DIRAI-JE, amis, tout ce qui m'a charmé?
J'étois à Gnide au printems de mon âge;
J'y vis Thémire; aussi-tôt je l'aimai:
Je la revis, & l'aimai davantage.
Je suis à Gnide, & j'y passe mes jours,
Le luth en main, soupirant nos Amours.

THÉMIRE & moi, guidés du même zèle,
Nous entrerons dans le Temple, & jamais
On n'y verra de couple aussi fidèle;

Et nous irons visiter le Palais ;
Et je croirai que Thémire est chez elle ;
Et je veux joindre aux roses de son sein
Quelques bouquets cueillis au champ voisin ;
Et si je puis l'égarer au bocage,
Où cent détours trompent l'œil incertain.....
Mais, paix ! .... l'Amour, maître de mon destin,
Me puniroit d'en dire davantage.

Fin du premier Chant.

LE TEMPLE

DE GNIDE.

CHANT SECOND.

IL eſt à Gnide un antre où Vénus elle-même,
Sans trépié, ſans pontife, & ſans frapper les yeux
Par l'éclat impoſant de ſa grandeur ſuprême,
Éclaire des Amans les ſoupçons & les vœux.

Une jeune Coquette aborda l'Immortelle,
Des flots d'Adorateurs s'empreſſoient autour d'elle.
A l'oreille de l'un elle parloit tout bas;
Elle accordoit à l'autre un ſouris plein de charmes;

Sur un troisieme encor elle appuyoit son bras.
O Ciel ! qu'aux tendres cœurs elle causa d'alarmes !
Combien elle étoit belle & parée avec art !
Sa voix étoit trompeuse, ainsi que son regard.
D'une Divinité la démarche est moins fière ;
Elle parla du ton dont on donne des loix :
Mais l'Oracle soudain fit entendre sa voix.
« Perfide, lui dit-il, sors de mon Sanctuaire :
» Oses-tu bien porter ton manége imposteur
» Dans des lieux où l'Amour règne avec la candeur ?
» Je veux qu'à ta beauté ce même orgueil survive :
» Je te laisse ton cœur & détruis tes appas :
» Les Hommes te fuiront comme une ombre plaintive,
» Et le mépris vengeur attaché sur tes pas,
» Poursuivra chez les morts ton âme fugitive ».

Fléau de ses Amans, riche de leurs débris,
Dans cet antre à son tour, vint une Courtisane :
Quel faste étoit le sien ! de sa flamme profane,
Avec un front superbe, elle étaloit le prix.
Crois-tu, dit la Déesse, honorer ma puissance ?
Ton cœur ressemble au fer, & dans son inconstance,
Mon Fils même, oui mon Fils, ne sçauroit t'enchaîner :

Ta

Ta beauté, dont tu vends la froide jouissance,
Promet bien le plaisir, mais ne peut le donner....
Va! porte loin de moi ton culte qui m'offense.

Au travers de la foule, il vint un riche épais
Qui levoit des tributs pour le Roi de Lydie:
Il étoit chargé d'or, espérant qu'à grands frais,
Il pourroit s'enflammer une fois en sa vie.
« J'ai bien, lui dit Vénus, la vertu de charmer;
» Mais je ne puis répondre à ce que tu souhaites:
» Tu prétens acheter la beauté pour l'aimer;
» Mais tu ne l'aimes point, parce que tu l'achetes ».

Je vis paroître Ariste: on lisoit dans ses yeux
Les transports que Camille excitoit dans son âme:
Il adoroit Camille, & venoit en ces lieux,
Pour conjurer Vénus d'ajoûter à sa flamme.
« Camille, dit l'Oracle, est digne de ton choix:
» Aime-la; qu'à tes vœux ton ivresse réponde!
» J'aurois pu la donner au plus grand Roi du monde;
» Mais, mon Fils, en amour, les Bergers sont des Rois ».

Je vins aussi, tenant la main de ma Thémire.
La Déesse nous dit: « Jamais dans mon Empire,

» Je n'ai vu deux Mortels plus soumis à ma loi :
» Mais que pourrois-je faire ? en vain je voudrois rendre
» Thémire plus charmante, & son Amant plus tendre ».
« Ah ! lui dis-je, j'attends mille grâces de toi !
» Fais que dans chaque objet mon image tracée,
» De Thémire sans cesse amuse la pensée ;
» Qu'elle dorme & s'éveille, en ne songeant qu'à moi ;
» Qu'absent elle m'espère, & présent, craigne encore
» Le douloureux moment qui doit nous séparer :
» Fais que Thémire enfin, du soir jusqu'à l'aurore,
» S'occupe de me voir, ou de me desirer » !

GNIDE alors célébroit des fêtes solemnelles
Dont le spectacle attire un essain de Beautés :
Jaloux de triompher, il vient de tous côtés,
Pour disputer le prix qu'Amour donne aux plus belles.

JE me crus entouré d'un cercle d'Immortelles :
L'une avoit de Vénus le sourire enchanteur ;
L'autre le teint d'Hébé : de ses vives prunelles,
La Brune au fond des cœurs lançoit des étincelles ;
La Blonde se voiloit d'une douce langueur.
Là brilloit l'air naïf, ou la gaieté folâtre ;

Ici, c'étoit un pied façonné par l'Amour ;
Plus loin, l'œil s'arrêtoit ſur deux globes d'albâtre
Dont un léger corſet deſſinoit le contour.

ORIANE parut, telle qu'une Déeſſe :
Candaule, ivre d'amour, la dévoroit des yeux ;
Sur ſes jeunes attraits, ſa vue erroit ſans ceſſe.
« Mon bonheur, diſoit-il, n'eſt connu que des Dieux ;
» Il ſeroit bien plus doux s'il donnoit de l'envie !..
» Belle Reine, quittez cette toile ennemie ;
» Préſentez-vous ſans voile aux regards des Mortels ;
» C'eſt peu du prix qu'on offre ; il vous faut des Autels ».

LES Femmes de Lesbos ſe diſoient l'une à l'autre ;
« Mon cœur eſt tout ému depuis que je vous voi :
» Vénus, ſi votre aſpect l'enchante autant que moi,
» Parmi tant de beautés doit couronner la vôtre ».

LES Filles de Corinthe, à leur treizieme Été,
Promettoient d'être un jour l'Amour de la nature :
Quel éclat dans leur teint ! quel air de volupté !
Des écharpes d'azur flottoient à leur côté,
Et les préſens de Flore ornoient leur chevelure.

Celles que l'Eurotas vit naître sur ses bords,
Le genou découvert, la gorge demi-nue,
De l'austere pudeur se jouoient sans remors,
Et d'un Peuple étonné sembloient chercher la vue.

Milet! tu nous offrois les plus rares trésors;
De la perfection ils étoient le modèle:
Mais le Ciel, ne cherchant qu'à former de beaux corps,
Oublia d'y placer la grâce encor plus belle.

Gnide, pendant ces Jeux, paroissoit l'Univers;
Jamais on n'avoit vu d'aussi brillante fête:
On eût dit que l'Amour, pour un jour de conquête,
Assembloit des Beautés de cent climats divers;
Des lieux où le Soleil commence sa carriere,
Jusqu'aux lieux où dans l'onde il éteint sa lumiere.
Les unes près du Tibre avoient reçu le jour.
On lit dans leurs regards le besoin de se rendre;
Molle, voluptueuse, & plus foible que tendre,
Leur âme est au plaisir, rarement à l'amour.

Les autres de la Seine habitent le rivage;
On voyoit sur leurs pas la plus nombreuse Cour:

Sexe aimable ! Il eſt Roi dans ſon heureux ſéjour !
Vénus qui les forma ſourit à ſon ouvrage.

Il en vint de Cadix : l'or & les diamans,
Sans augmenter leur prix, chargeoient leurs vêtemens :
Celles dont la fraîcheur le diſpute à la roſe,
Vinrent auſſi des lieux que la Tamiſe arroſe.

Mais les Filles de Gnide attachoient tous les yeux :
Quel doux frémiſſement s'élevoit ſur leurs traces !
Au lieu de pourpre & d'or, elles avoient des grâces ;
Sans ornement, ſans art, elles en brilloient mieux.
Leurs guirlandes couvroient une gorge naiſſante,
Qui pour fuir ſa priſon, s'agitoit vainement ;
Et leur robe de lin n'avoit d'autre agrément
Que celui de marquer une taille charmante.

On ne vit point Camille à ces fameux débats :
« Que m'importe le prix, chèr Amant ? diſoit-elle,
» C'eſt pour toi, pour toi ſeul que je veux être belle :
» Le reſte eſt pour mon cœur comme s'il n'étoit pas ».

Comme parmi les fleurs qui ſe cachent dans l'herbe,
La roſe avec éclat élève un front ſuperbe ;

On vit parmi ses Sœurs, mon Amante régner :
A peine elle eut le tems de paroître à leur vue....
Elle arrive, se montre, & leur foule est vaincue !
« Grâces, dit la Déesse, allez la couronner.
» De mille objets charmans que ce Palais rassemble,
» Voilà dans sa beauté le seul qui vous ressemble ».

Tandis qu'elle goûtoit ces hommages flatteurs,
J'entrai seul & pensif dans la forêt prochaine :
J'y vis le tendre Ariste, & la plus forte chaîne
Dès ce premier moment, sembla serrer nos cœurs.

Je lui fis de ma vie une histoire fidèle.
La Ville où je suis né, lui dis-je, est Sibaris :
Le goût des voluptés est un besoin pour elle ;
A qui peut en créer, elle donne des prix.

La route des plaisirs est celle de la gloire :
Vous voyez les Bouffons couronnés par l'État ;
Mais le brave Guerrier qu'a suivi la victoire,
Le Ministre éclairé, le sage Magistrat,
Dès qu'il les a perdus, sont morts dans sa mémoire.

Les Hommes sont si doux, parés avec tant d'art ;

Occupés si long-tems à composer leurs grâces,
A corriger un geste, un sourire, un regard,
A chanter, minauder, s'admirer à leurs glaces,
Qu'ils ne paroissoient point former un sexe à part.

Une Femme se livre avant même qu'elle aime.....
Que dis-je? connoît-elle un mutuel Amour?
Sa gloire est d'enchaîner; jouir est son systême:
Chaque jour voit finir les vœux de chaque jour.
Mais ces riens où le cœur trouve tant d'importance,
Mais ces soins délicats, mais ces égards chéris,
Tous ces petits objets qui sont d'un si grand prix,
Tant de momens heureux avant la jouissance;
Ces sources de bonheur manquent à Sibaris.

Le luxe aux Citoyens prodigue ses merveilles:
Ils appellent les Arts des bouts de l'Univers;
Les plus brillantes voix enchantent leurs oreilles;
Le Printems naît pour eux dans le sein des Hivers,
Et la nuit disparoît au milieu de leurs veilles.

Toujours changeant de goûts, & jamais satisfait,
Dans une gaieté fausse, on s'occupe de vivre:

Lassé de tout, on quitte un plaisir qui déplaît,
Pour s'ennuyer encor du plaisir qui va suivre.

L'ÂME froide au bonheur est de feu pour les maux :
La plus légere peine & l'éveille & l'agite.
Une rose pliée au lit d'un Sibarite,
Pendant toute une nuit le priva du repos.

LE poids de leur parure accable leur molesse;
Le mouvement d'un char les fait évanouir;
Leur cœur est si flétri qu'il ne peut plus jouir;
Et sans cesse amusés, ils se plaignent sans cesse.

DÈS que je sçus penser, je détestai ces lieux,
Car la vertu m'est chère, & j'honore les Dieux :
Je pars; j'arrive en Crête, & cette Isle fatale
M'offre les monumens des fureurs de l'Amour :
J'y vois le labyrinthe inventé par Dédale,
Et le Taureau d'airain que son art mit au jour,
Et l'Autel d'Ariane, Amante infortunée,
Qui sur un bord désert, conduite, abandonnée,
Vainement d'un parjure attendoit le retour.

Je me hâtai de fuir ; mais battu par l'orage,
Mon vaiſſeau de Lesbos aborda le rivage :
J'y vis, avec effroi, les Sexes méconnus.

De la tendre Sapho Lesbos eſt la Patrie :
Cette Fille immortelle, ainſi que ſon génie,
Brûloit d'un feu cruel en horreur à Vénus.

Loin de cette Iſle impure, égaré ſur les ondes,
Je cherchois un ſéjour favoriſé des Dieux :
Délos fixa long-tems mes courſes vagabondes ;
Mais le Ciel m'annonça des deſtins plus heureux.
Dans un ſonge enchanteur, je vis une Immortelle
Moins belle que Vénus, mais brillante comme elle ;
Un charme irréſiſtible animoit tous ſes traits :
Ce que j'aimois en eux, je n'aurois pu le dire ;
J'y trouvois ce qui pique, & non ce qu'on admire ;
Ils étoient raviſſans, & n'étoient point parfaits.
En anneaux onduyans, ſa blonde chevelure
Tomboit ſur ſon épaule, & flottoit au hazard ;
Mais cette négligence étoit une parure,
Mais elle avoit cet air que donne la Nature ;
Et dont n'approchent point tous les efforts de l'art.

Elle ſourit ... « Tu vois la ſeconde des Grâces,
» Dit-elle, avec un ton qui paſſoit juſqu'au cœur;
» Vénus t'appelle à Gnide, & fera ton bonheur ».
Elle fuit dans les airs; mes yeux ſuivent ſes traces;
Je me lève enflammé de plaiſir & d'eſpoir;
Comme une ombre légere, elle étoit diſparue,
Et le tranſport flatteur que me cauſoit ſa vue
Bientôt cède au regret de ne la plus revoir.

Je reſpirai l'Amour, en arrivant à Gnide:
Mais ce que je ſentois, je ne puis l'exprimer:
Mon cœur ſe pénétroit d'une flamme rapide;
Je n'aimois pas encor, & je brûlois d'aimer.
Incertain dans mes vœux, j'errois de belle en belle:
Cent objets à la fois paroiſſoient me charmer.....
Mais j'apperçus Thémire, & je ne vis plus qu'elle.

Fin du ſecond Chant.

LE TEMPLE DE GNIDE.

CHANT TROISIEME.

JE cessois de parler, pour songer à Thémire.
Ariste en soupirant me conta ses Amours :
Je vais les chanter sur ma lyre.
Leur souvenir m'émeut toujours :
Le Dieu qui l'inspiroit est le Dieu qui m'inspire.

MA vie est peu fertile en grands événemens :
Tout en est simple ; j'aime, & vous allez apprendre
Les sentimens d'une âme tendre,
Et ses plaisirs & ses tourmens.

Faut-il peindre celle que j'aime ? . . . .
Son image s'imprime au fond de tous les cœurs :
Elle a ces agrémens flatteurs ;
Cet air qui vous ravit plus que la beauté même.

Les Femmes dans leurs vœux demandent à l'Amour
Les grâces de Camille, objets de leur envie :
Les Hommes qui l'ont vue un jour
Voudroient la voir toute leur vie,
Ou s'en éloigner sans retour.

L'habit le plus modeste embellit mon Amante :
Elle a le maintien noble, une taille élégante,
Des traits faits l'un pour l'autre & qui charment les yeux,
Le regard plein de feu, mais tout prêt d'être tendre,
Une voix que sans trouble on ne sçauroit entendre,
Des appas qu'on admire & qu'on sent encor mieux.

Sans fierté, sans caprice ; oubliant qu'elle est belle,
Camille si l'on veut, pense profondément ;
Si l'on veut elle rit, & dans son enjouement,
Les Grâces badinent comme elle.

Tout ce que fait Camille a la simplicité

De la plus naïve Bergere :
Ses chants peignent la volupté :
Danſe-t-elle ? on croit voir une Nymphe légere.

CAMILLE ſans effort ſe plie à tous les goûts :
Plus vous avez d'eſprit, plus ſon eſprit vous flatte ;
C'eſt une raiſon fine, adroite, délicate ;
Elle a l'air de parler, de penſer comme vous.
Ce qu'elle a dit, ſans peine on croit pouvoir le dire :
Que ſon ton eſt touchant ! que ſon langage eſt doux !
Il ſemble que toujours c'eſt le cœur qui l'inſpire.

CAMILLE en gémiſſant me preſſe dans ſes bras,
Quand il faut un ſeul jour m'éloigner de ſes charmes :
Ne tarde point, dit-elle, à te rendre à mes larmes !
Comme ſi j'exiſtois quand je ne la vois pas !

JE lui dis quelquefois : « j'aime la ſolitude,
» Et j'ai long-tems cherché le bruit ;
» L'ambition m'avoit ſéduit,
» Et te plaire eſt ma ſeule étude.
» Je déſirois d'errer dans un climat lointain ;
» Mon cœur n'eſt plus qu'aux lieux où le Ciel t'a placée :

» Tout ce qui n'est pas toi glisse de ma pensée,
» Comme les songes du matin ».

Quand je la vois de loin, mon cœur brûle & s'enflamme;
Quand elle approche, il frissonne soudain;
Quand elle arrive, il semble que mon ame
Est à Camille, & va fuir dans son sein.

Si je vole à ses pieds après un jour d'absence,
Je lui fais le récit de tout ce que j'ai vu:
Elle me dit: « Cruel! de quoi me parles-tu?
» Parle de nos plaisirs, ou garde le silence ».

M'a-t'elle entretenu de sa tendre amitié?
Camille trouve encor quelque chose à me dire:
Elle croit avoir oublié
Mille aveux dont sur l'heure elle vient de m'instruire.
Ravi d'entendre ces discours,
Je feins tantôt de n'en rien croire,
Tantôt d'en perdre la mémoire,
Afin qu'elle en parle toujours.

« M'aimes-tu, dit Camille? -Oui-mais comment? -je t'aime,
» Comme le premier jour où tu reçus ma foi.

» Je ne puis comparer l'amour que j'ai pour toi
» Qu'à l'amour que j'eus pour toi-même ».

CAMILLE une autre fois me dit avec douleur :
« Tu parois triſte ! -hélas ! je ſuis ſûr de ton cœur,
» Lui dis-je, & cependant je ſens couler mes larmes :
» Ne me retire pas de ma douce langueur ;
» Laiſſe-moi ſoupirer ma peine & mon bonheur ;
» Pour les tendres Amans, la triſteſſe a des charmes ».

« LES tranſports de l'amour ſont trop impétueux ;
» L'âme dans ſon ivreſſe eſt comme anéantie :
» Mais je jouis en paix de ma mélancolie :
» Eh ! qu'importe mes pleurs, puiſque je ſuis heureux » ?

J'ENTENS louer Camille, & fièr d'être aimé d'elle,
L'éloge que j'entens, me ſemble être le mien :
Quand un Berger l'écoute, elle parle ſi bien,
Que chaque mot lui prête une grâce nouvelle ;
Mais je voudrois qu'alors Camille ne dît rien.

A-T'ELLE pour quelqu'autre une amitié légere ?
Je voudrois en être l'objet :

Bientôt je me dis en ſecrèt
Que je ne ſerois plus celui qu'elle préfére.

Aux diſcours des Amans n'ajoûte point de foi !
Ils diront que dans la Nature
Il n'eſt rien d'auſſi beau, d'auſſi parfait que toi ;
Ils diront vrai, Camille, & comme eux je le jure :
Ils te diront encor qu'ils t'aiment.... je les croi !
Mais ſi quelqu'un diſoit qu'il t'aime autant que moi.....
J'atteſte ici les Dieux que c'eſt une impoſture.

Camille à mes deſirs refuſe une faveur,
Et ſur le champ m'accorde une faveur plus chère :
Ce caprice eſt involontaire :
Ce n'eſt point de ſa part un manége trompeur ;
Non ; l'art eſt trop loin de ſon âme :
Mais Camille écoutant l'amour & la pudeur,
Voudroit tout refuſer ; tout donner à ma flamme.

Camille ! ſi jamais j'oubliois nos Amours,
Si nos cœurs ceſſoient de s'entendre,
Si pour un autre objet je pouvois être tendre....
Que ce jour ſoit pour moi le dernier de mes jours !

Fin du troiſieme Chant.

LE

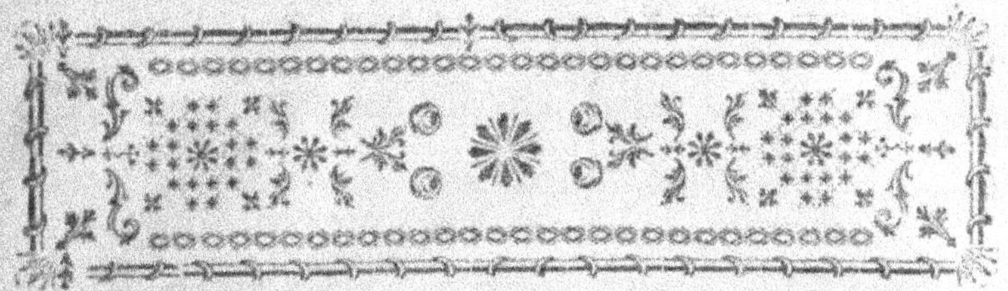

LE TEMPLE DE GNIDE.

CHANT QUATRIEME.

TANDIS qu'entretenant nos douces rêveries,
Nous traversons les bois, les vallons, les prairies,
Le hazard nous conduit vers des rochers affreux,
Redoutés des Mortels proscrits même des Dieux.
Un nuage de feu qui roule sur leurs têtes
Y promène en tout tems la foudre & les tempêtes:
A leurs pieds, est un antre inaccessible au jour
Qui des Amans trahis semble être le séjour:
Une invisible main dans ce lieu nous entraîne;
J'entre... ô Dieux! qui l'eut cru! je le touchois à peine...

E

Mes cheveux ſur mon front ſe ſont dreſſés d'horreur ;
Une flamme inconnue a paſſé dans mon cœur :
Plus j'étois agité, plus je cherchois à l'être.
Ami, dis-je, avançons, dûſſent nos maux s'accroître.
A travers cent détours, j'errois de toutes parts,
Guidé par des lueurs qui ſe perdoient dans l'ombre....
La pâle Jalouſie a frappé mes regards :
Son aſpect paroiſſoit moins terrible que ſombre :
Les vapeurs, le chagrin, le ſilence, l'ennui,
Les ſonges malfaiſans, & les ſoucis ſans nombre,
Environnoient ce monſtre & voloient devant lui.
Nous voulons fuir ; il parle, & ſa voix nous arrête.
Il nous ſouffle la crainte & les ſoupçons jaloux,
Met la main ſur nos cœurs, nous frappe ſur la tête,
Et ſoudain l'Univers eſt transformé pour nous.
Soudain enveloppé d'un voile de ténebres,
Je ne vois, je n'entens que des ſpectres funebres :
Je cours au fond de l'antre épouvanté, tremblant....
J'y trouve la Fureur, Déïté plus cruelle :
Sa main faiſoit briller un glaive étincelant ;
Je recule.... ô terreur ! l'odieuſe Immortelle
Me lance un des ſerpens dont ſon front eſt armé....
Il part, ſiffle, & m'atteint comme un dard enflammé.

Pareil au Voyageur que la foudre dévore,
Je demeure immobile, & ne sens rien encore,
Et déja le serpent s'est glissé dans mon cœur.
Mais dès que son poison coulant de veine en veine,
De mon sang plus actif eut allumé l'ardeur,
Tous les maux des Enfers n'égaloient point ma peine ! ..
J'allois d'un monstre à l'autre; agité, furieux,
Cent fois je fis le tour de l'antre épouvantable,
Et je criois, Thémire ! & ces murs ténébreux
Me répétoient Thémire ! en écho lamentable.
Si Thémire eût paru, ma main, ma propre main,
Pour assouvir ma rage eût déchiré son sein.

Enfin je vois le jour, & sa clarté me blesse :
L'antre que j'ai quitté m'inspiroit moins d'effroi.
Je m'arrête.... je tombe, accablé de foiblesse;
Et ce repos lui-même est un tourment pour moi!
Mon œil sec & brûlé me refuse des larmes,
Et pour me soulager je n'ai que des soupirs :
Du sommeil un moment je goûte les plaisirs....
O Dieux ! il est lui-même environné d'alarmes.
Mille songes cruels m'agitent tour à tour;
Ils me peignent Thémire ingrate à mon amour

Je la vois... mais hélas! se peut-il que j'achève?
Les soupçons que mon cœur formoit pendant le jour
Je les trouve réels dans l'horreur de mon rêve.

Un accès de fureur vient s'emparer de moi:
J'appelle Ariste: « Ami, sui moi: courons, lui dis-je;
» Il faut exterminer ces troupeaux que je voi,
» Poursuivre ces Bergers de qui l'amour m'afflige....
» Mais non;... je vois un Temple; allons le renverser.... »
Je dis, & nous volons; pleins du même vertige:
L'Autour est sur l'Oiseau moins prompt à s'élancer....
Que peut contre les Dieux le vain courroux des Hommes!
A peine dans le Temple ai-je porté mes pas:
Un charme impérieux semble enchaîner mon bras,
Et je reste étonné du désordre où nous sommes.

Bacchus avoit calmé mon transport criminel;
Ce Temple étoit le sien: je fais un sacrifice,
Pour rendre grâce au Dieu qui nous étoit propice,
Et j'élève ma voix, tandis que sur l'Autel,
La Victime tremblante attend le coup mortel.

« Dieu puissant, ai-je dit, nos plaisirs sont ta gloire:

» Par toi, la volupté brille dans tous les yeux :
» Par toi, de nos soucis nous perdons la mémoire :
» Tu n'aimes à régner que sur les cœurs heureux ».

Mais j'entens tout-à-coup mille voix éclatantes
Au son des instrumens accorder leurs concerts :
Je sors, & vois courir des troupes de Bacchantes
Qui, l'œil en feu, le front orné de pampres verds,
Laissant aux vents le soin de leurs tresses flottantes,
Agitoient à grand bruit leurs Thirses dans les airs.

Tout le joyeux cortége environnoit Silène :
La tête du Vieillard vacillante, incertaine,
Alloit chercher la terre, ou tomboit sur son sein :
Dès qu'on l'abandonnoit, penché vers sa monture,
Son corps se balançoit par égale mesure,
Se baissoit, se dressoit, se rebaissoit soudain.

Enfin je vis Bacchus, gai, riant, plein de charmes,
Tel que l'Inde le vit au bout de l'Univers,
Quand il donnoit partout des plaisirs & des fers :
De la belle Ariane il essuyoit les larmes.
« Aimez-moi, disoit-il ; Thésée est loin de vous :

» Oubliez à jamais le nom de l'Infidèle ;
» Ne voyez que le Dieu qui brûle à vos genoux :
» Pour vous aimer toujours, je vous rens immortelle ».

Un délire divin pénétra dans nos cœurs :
Nous respirions les jeux, les danses, la folie ;
Et le Thirse à la main, le front couvert de fleurs,
Nous allâmes nous joindre à la bruyante Orgie.

Mais nos tourmens cruels n'étoient que suspendus ;
En quittant ce séjour, accablés, confondus,
Nous sentions des soupçons la dévorante flamme,
Et la sombre tristesse avoit saisi notre âme.
Je voulois voir Thémire, & craignois cet instant :
Je ne retrouvois pas cette ardeur cette ivresse,
Alors que sur le point de revoir sa Maitresse,
Le cœur s'ouvre d'avance au bonheur qu'il attend.

« Peut-être que Camille est auprès de Silvandre,
» Disoit Ariste ; ô Dieux ! si j'allois la surprendre !
» Sans doute avec plaisir la perfide l'entend ».

« Tircis, dis-je à mon tour, a brûlé pour Thémire :

» On dit qu'il est à Gnide, & j'en frémis d'effroi :
» Sans doute il l'aime encor ! il faudra me réduire
» A disputer un cœur que j'ai cru tout à moi ».

Silvandre pour Camille avoit fait un air tendre....
Insensé ! j'aurois dû l'interrompre cent fois !
J'applaudissois hélas ! aux accens de sa voix !
Il chantoit ma Camille, & j'aimois à l'entendre !

Thémire devant moi se paroit un matin
D'un bouquet que Tirsis avoit cueilli pour elle :
C'est un don de Tirsis, me disoit l'infidelle.....
Je devois, à ce mot, l'arracher de son sein.

D'un cœur infortuné n'aggrave point la chaîne ;
Camille ! épargne moi l'horreur de me venger !
L'Amour devient fureur quand on l'ose outrager :
L'Amour qu'on désespère a le fiel de la haîne.

Hâtons-nous, & malheur à tout audacieux
Que je verrai parler à l'Ingrate que j'aime!
Quiconque sur Thémire arrêtera les yeux,
Mon bras l'immole au Temple... aux pieds de Vénus même.

Enfin nous arrivons près de l'antre fameux
D'où sortent les arrêts que l'Oracle prononce :
Tout le Peuple roulant à flots tumultueux,
Avec un bruit confus, attendoit sa réponse.

Je suis la foule ; Ariste emporté loin de moi,
Ariste étoit déja dans les bras de Camille :
J'appelle encore Thémire... enfin je l'apperçoi ;
Furieux, j'allois dire ; ah perfide est-ce toi ?....
Mais elle me regarde, & je deviens tranquille.

Ainsi quand la tempête a soulevé les mers,
Et qu'Éole est sorti de ses grottes profondes,
L'Astre du jour paroît sur le Trône des Airs,
Et calme, à son aspect, le fièr courroux des ondes.

« Cruel ! me dit Thémire, en volant dans mes bras ;
» Que ton éloignement m'a fait verser de larmes !
» Le Soleil a trois fois parcouru ces climats
» Depuis que tu nourris mes mortelles alarmes ».

Je disois : « non ; mes yeux ne le reverront pas :
» Quel noir pressentiment ! Dieux puissans que j'implore !

» Dieux

» Dieux tant de fois témoins de nos tendres amours,
» Je ne demande point si son cœur m'aime encore ;
» Je ne veux que savoir le destin de ses jours :
» S'il vit, puis-je douter qu'il ne m'aime toujours ? »

« EXCUSE, m'écriai-je, excuse mon délire !
» L'affreuse jalousie a troublé mes esprits :
» Mais après le danger de perdre ma Thémire,
» De ma félicité je sens mieux tout le prix.

» VIEN donc sous ces berceaux où l'Amour nous appelle :
» Le Ciel a pu tromper, mais non changer mon cœur.....
» Viens ! c'est un crime affreux de te croire infidelle,
» Et je veux par ma flamme en expier l'horreur ».

ON eût dit que Thémire à toute la Nature
Donnoit en ce moment le signal du bonheur !
Le Zéphire à nos pieds caressoit chaque fleur ;
L'eau baignoit son rivage avec un doux murmure :
Les myrthes étendus comme un dais de verdure,
En s'embrassant sur nous, exhaloient leur odeur.
Des Ramiers soupiroient sous le même feuillage,
Et l'essain des Oiseaux, dans son joyeux ramage,
Chantoit déja la gloire & le prix du Vainqueur.

F

Je vis l'Amour, pareil au Papillon folâtre,
Voler près de Thémire & sur ses beaux cheveux,
Baiser son front naïf, & sa bouche, & ses yeux,
Descendre, & s'arrêter sur sa gorge d'albâtre.
Ma main veut le saisir; j'avance . . . il prend l'essor.
Je le suis; je le trouve aux pieds de mon Amante;
Il fuit vers ses genoux, & je l'y trouve encor.
Je le suivois toujours, si Thémire tremblante,
Thémire toute en pleurs n'avoit sçu m'arrêter;
J'allois atteindre enfin sa retraite charmante:
Elle est d'un si grand prix qu'il ne peut la quitter.

C'est ainsi que résiste une tendre Fauvette
Qu'auprès de ses petits l'amour semble enchaîner:
Sous la main qui s'approche, immobile & muette,
Rien ne peut la contraindre à les abandonner.

Thémire entend ma plainte, & devient plus sévère.
Elle voit ma douleur & ne s'attendrit pas.
Je cessai de prier, & je fus téméraire:
Thémire s'indigna; je craignis sa colere:
Je tremblai, je pleurai . . . . bientôt nouveaux combats;
Nouveau courroux . . . . enfin je tombai dans ses bras,

Et mon dernier ſoupir s'exhalait ſur ſa bouche ;
Mais, en me repouſſant, Thémire moins farouche,
Met la main ſur mon cœur .... & j'échappe au trépas.

« POUR me déſeſpérer, que t'ai-je fait, dit-elle ?
» D'une indiſcrète ardeur modère le tranſport :
» Va ! je ſuis, moins que toi, dure, injuſte & cruelle.
» Je n'eus jamais deſſein de te cauſer la mort,
» Et tu veux m'entraîner dans la nuit éternelle !
» Ouvre ces yeux mourans, au nom de nos amours,
» Ou tu verras les miens ſe fermer pour toujours ».

JUSQU'AU dernier moment Thémire inexorable,
A force de vertu, rappelle ma raiſon :
Elle m'embraſſe, hélas ! & j'obtiens mon pardon,
Mais ſans aucun eſpoir de devenir coupable.

Fin du Poëme.

De l'Imprimerie de P. ALEX. LE PRIEUR, Imprimeur du Roi, rue Saint-Jacques, 1772.

www.ingramcontent.com/pod-product-compliance
Ingram Content Group UK Ltd.
Pitfield, Milton Keynes, MK11 3LW, UK
UKHW021512260726
13993UKWH00004B/1637

9 782329 272474